# LA GALLINITA ROJA

por Patricia y Fredrick McKissack

ilustrado por Dennis Hockerman

Traductora: Lada Josefa Kratky

Consultante: Roberto Franco

Preparado bajo la dirección de Robert Hillerich, Ph.D.

**CHILDRENS PRESS** ®

CHICAGO

Library of Congress Cataloging-in-Publication Data
McKissack, Patricia, 1944-
    La gallinita roja.

    (Cuentos para empezar)

    Resumen: Una versión fácil de leer del cuento tradicional
sobre la gallinita roja y sus amigos perezozos.
    [1. Folklore.   2. Materiales en español]
I. McKissack, Fredrick.   II. Hockerman, Dennis, il.
III. Título.   IV. Serie.
PZ74.1.M37  1986  398.2'4528617  [E]  86-20801
ISBN 0-516-32363-6

—¿Quién me va a ayudar?
—dijo la gallinita roja.

—¿Quién, yo?

—Y, ¿por qué yo?

—Ay, no. Yo no.

Entonces la gallinita roja
lo hizo ella solita.

—¿Quién me va a ayudar?
—dijo la gallinita roja.

—No. Yo no.
—No. No. Yo no.
—No. No. No. Yo no.

Entonces la gallinita roja
lo hizo ella solita.

—¿Quién me va a ayudar ahora?

—No. Yo no puedo.

—No. No. Yo no puedo.

—No. No. No. Yo no puedo.

Entonces la gallinita roja
lo hizo ella solita.

13

—¿Quién me va a ayudar?
—dijo la gallinita roja.

—Ahora no.

—No. No. Ahora no.

—Ahora no. Ahora no.

Entonces la gallinita roja
lo hizo ella solita.

—¿Quién me va a ayudar?
—dijo la gallinita roja.

—Yo, la próxima vez.

—Sí. La próxima vez.

—Sí. Sí. La próxima vez.

Entonces la gallinita roja
lo hizo ella solita.

—¿Quién me ayuda ahora?
—dijo la gallinita roja.

—Yo no puedo ayudar.

—Yo no puedo ayudar.

24

—Yo no puedo ayudar.

Entonces la gallinita roja
lo hizo ella solita.

—¿Quién me va a ayudar?
—dijo la gallinita roja.

—¡Yo!

—¡Sí! Yo también.

—Yo también quiero ayudar.

Pero la gallinita roja dijo:
—No. No. No. Ustedes no
me ayudaron. Voy a comer
yo solita.

## LISTA DE PALABRAS

| | | quiero |
|---|---|---|
| a | hizo | roja |
| ahora | la | sí |
| ay | lo | solita |
| ayudar | me | también |
| ayudaron | no | ustedes |
| comer | pero | va |
| dijo | por qué | vez |
| ella | próxima | voy |
| entonces | puedo | y |
| gallinita | quién | yo |

### Sobre los autores

Patricia y Frederick McKissack son escritores, editores y maestros de composición escrita. Son propietarios de All-Writing Services, un negocio situado en Clayton, Missouri. Desde el año 1975, los McKissack han publicado varios artículos de revistas y varios cuentos para lectores jóvenes y adultos. También han dirigido clases de educación y redacción por todo el país. Los McKissack viven con sus tres hijos en una casa remodelada en el centro de la ciudad de San Luis.

### Sobre el ilustrador

Desde que se graduó de la escuela de arte de Layton en Milwaukee, Wisconsin, Dennis Hockerman se ha dedicado principalmente a la ilustración de libros para niños, revistas, tarjetas y juegos.

El ilustrador vive y trabaja en su casa en Mequon, Wisconsin, con su esposa y sus tres hijos. Los niños disfrutan de muchas horas en el taller de su padre, observándolo trabajar.